AF296000

LETTRES

DE HOLLANDE

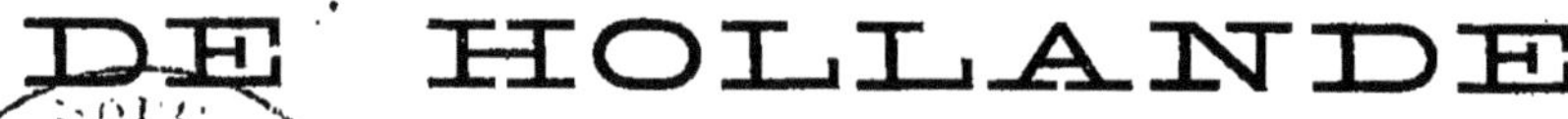

Par E. GRAVE, Pharmacien

A M. Em. Genevoix.

I

Il faut bien vous aimer, mon cher Directeur, pour tenir la promesse que je vous avais faite il y a quelques mois. Pour vous plaire et mériter l'estime que vous m'avez toujours témoignée, je me suis détourné de tout ce qui m'attirait en Hollande. J'ai visité les petits coins les plus ignorés, les plus abandonnés, les plus déserts de l'exposition d'Amsterdam, pour y découvrir quelque chose intéressant la pharmacie ; c'est à peine si j'y ai réussi.

Voyez dans quel cas vous m'avez mis : faire des pilules et des potions toute une année sans débrider ; aspirer après quinze jours de liberté plénière avec toute l'ardeur d'un écolier de cinquième coiffant impatiemment sa dernière couronne de papier doré ; se dire qu'on ira étudier un des pays de l'Europe les plus singuliers sous le rapport des mœurs et de la contexture ; savoir, moi bibelotier fanatique, qu'il y a là des musées splendides, des tableaux uniques qu'on tient précieusement sous des rideaux ou sous des verres, pour les préserver de l'action de la lumière, des souillures de la poussière ou des maladresses des profanes, et s'arracher bien vite à tant de merveilles pour aller flâner badaudement devant des étalages de bonbons *fondants*, des pyramides de tabac, des maisons de rubans de fils, ou des ballots de laine et de coton. Pour vous (ah! soyez-en maudit jusqu'à mon premier voyage à Amsterdam), j'ai manqué la collection Six, et la vue du plus fameux portrait qu'ait peint Rembrandt.

Eh bien! tout cela, je l'ai fait; et, malgré mes malédictions, je l'ai fait avec plaisir, grâce à vous. Au fond j'ai tout concilié et je ne me suis pas privé de toutes les jouissances qui m'attiraient. Vous n'auriez pas voulu exiger de moi un tel sacrifice, ni m'enlever ce plaisir annuel qui me fait rêver trois mois avant et trois mois après, et auquel je ne renonce que dans les grandes circonstances.

Egoïste que j'étais, sans presque rien oublier, j'ai trouvé, je crois, le moyen de vous être agréable, et j'ai pris, de plus, un véritable plaisir à remplir la mission que vous m'aviez confiée. Le récit en sera peut-être un peu long; si c'est votre opinion, étendez votre main vers ces grands ciseaux qui sont l'âme de bien des bureaux de rédaction et tiennent lieu d'esprit à tant de rédacteurs; taillez dans le vif de ma copie, je vous donne carte blanche.

Vous me connaissez assez pour savoir que je tiens à tirer tout le fruit possible de mes escapades. Tout en maugréant contre vous, je m'étais donc mis à lire rapidement ce qui concerne la Hollande des touristes : Havard, de Amicis, Joanne et l'inévitable Conty. Du premier jour presque, je fus stupéfié. Pensez donc! Ouvrir un guide et trouver à l'article Rotterdam une phrase comme celle-ci : « Le 24 septembre 1860, on a inauguré dans le parc la statue en marbre du poète national *Tollens*, une des plus belles de la Hollande. » Vous êtes pourtant le Directeur de la Pharmacie Centrale de France, eh bien! je parie que vous n'en savez pas plus sur cette célébrité que le plus obscur de vos clients. Ce Tollens, ce poète national auquel on élève des statues, dont le tombeau est signalé dans tous les guides, à Ryswick, près de Delft, c'était, suivant l'opinion générale....... un pharmacien! Cela commença, vous comprenez, à bouleverser mes idées. Comment, nous avons mis je ne sais combien d'années à trouver assez d'argent pour ériger une malheureuse statue de bronze à Parmentier; la statue une fois faite, nous l'avons cachée dans un coin, connu seulement de ceux qui fréquentent l'École de Pharmacie, et voilà qu'une nation dont la réputation est peu élégiaque s'éprend des poésies d'un pharmacien, et une ville lui élève, au milieu de sa plus belle promenade, une statue en marbre! En marbre! ne trouvez-vous pas cela plus noble encore que le bronze?

En arrivant à Rotterdam, mon premier soin, aussitôt mes curiosités personnelles satisfaites, fut de me mettre en quête de renseignements sur Tollens. Patatras ! toutes les belles phrases que j'avais arrangées d'avance pendant la longueur du chemin étaient perdues : ce n'était pas un pharmacien, un *Apotheker*, c'était un droguiste ! *Droguerein en Spiecieren.*

Heindrik Tollens est mort en 1856, à Ryswick, après avoir longtemps tenu sa boutique à Rotterdam. Tout en débitant des drogues simples, des couleurs, de l'épicerie fine; tout en se mêlant de chimie, avec un certain éclat, m'a-t-on dit, il cultivait avec succès tous les genres de poésie. Son plus grand succès était dû à ses chansons patriotiques, que le peuple fredonnait, comme nous faisions autrefois de celles de Béranger. On m'a dit encore que sa poésie est terne et manque de variété et d'élévation. Vous venez de Hollande et vous savez si je puis en juger. Par reconnaissance, les Rotterdamois lui ont fait ériger une belle statue de marbre, et, du milieu du Park, le bon et honnête droguiste n'a qu'à se tourner vers les Bompjes (Bompiès) pour voir encore débarquer sur les quais de la Meuse, les balles de quinquina, les bottes de cannelle de Ceylan, et les barils de camphre. Attention touchante et filiale !

J'avais mis un certain amour-propre (où diable va-t-il se nicher) à m'enquérir de ce pharmacien-poète qui n'est pas pharmacien. Grande fut ma déconvenue. Et pourtant, si ces articles ont un intérêt, c'est à Tollens qu'ils le doivent. Vous allez voir comment. J'errais à Rotterdam, de boutique en boutique, examinant curieusement la tournure de mes confrères hollandais, avec l'indécision bête de l'étranger qui voudrait bien adresser une question, mais qui craint de n'être pas compris; je cherchais à deviner quelqu'un sachant le français. De l'examen des confrères, je passai peu à peu à celui des boutiques, et ce ne fut pas pour moi un petit étonnement. Si vous avez flâné en Hollande autant que moi, il est impossible que vous n'ayez pas été frappé de leur disposition et de leur aspect. Avant de vous les décrire, laissez-moi vous raconter comment je suis arrivé à les voir de près.

En arrivant à La Haye, j'avais dans ma poche la lettre que vous m'aviez remise pour M. le docteur de Vrij (prononcez Vreil, s'il vous plaît). Avec cette lettre, je vis tomber toutes les barrières du *at home* hollandais qu'on dit infranchissables aux étrangers indiscrets; elles sont même tombées avec une telle facilité que j'ai été forcé de reconnaître qu'elles n'existaient pas. Si nous savions les langues vivantes, comme les autres nations savent le français, nous aurions bien des jugements à réformer. Pour mon compte, je proclame bien haut que j'ai trouvé en Hollande des gens aussi accueillants et aussi aimables qu'en France. Mais j'anticipe.

Me voici donc, armé de votre lettre, accompagné de ma femme, sonnant *Herren Gracht*, n° 54. Une bonne femme arrive, se confond en salutations, prend votre lettre et ma carte et nous fait entrer aussitôt dans un petit salon. Vous voulez bien, n'est-ce pas, que je prenne ici le ton de nos *interwievers* et que je vous raconte ma visite ? Nous nous installons donc pour quelques minutes dans ce petit salon sur la rue, donnant par une grande porte ouverte, suivant la coutume hollandaise, sur un grand salon ou salle à manger ayant vue sur une cour. Je ne vous dis rien de cette propreté exquise qui rehausse et enrichit presque la simplicité de l'ameublement. Sur un petit meuble, une statuette du maître, en argent, et offerte par ses confrères ; sur une console, un album richement relié, où, comme nous l'apprîmes bientôt, les pharmaciens hollandais ont fait inscrire leurs noms, en témoignage d'estime pour le savant quinologiste, et de cinquante ans de bonne confraternité. Nous examinâmes tout cela d'un coup d'œil rapide, et bientôt le maître de la maison arrivait.

M. le docteur de Vrij, que vous connaissez, se donne soixantedix ans, mais il se calomnie ; on lui en donnerait soixante à peine. Les cheveux sont blancs, ainsi que la barbe, qu'il porte longue ; voilà tout ce qui peut trahir son âge. L'œil est clair et intelligent, les mouvements sont vifs et allègres, la parole nette et ferme ; on sent qu'on est devant un homme actif et travailleur, qui mourra devant son bureau en écrivant un livre, ou devant son fourneau ou son polarimètre, en découvrant quelque chose. M. de Vrij nous reçut avec une bonne grâce parfaite, une rondeur toute française. Nous tendions le dos, ma femme et moi. Nous étions tellement prévenus contre la froideur hollandaise, que nous avions préparé nos phrases les plus aimables pour nous faire bien venir. Va te promener ! Au bout de deux minutes nous étions aussi à l'aise dans ce petit salon de La Haye, que sur le maroquin de vos fauteuils.

Si vous le voulez bien, je fermerai ici cette première lettre, peut-être longue déjà, et me dirai tout simplement, mon cher Directeur, votre bien dévoué collègue.

<hr>

II

J'en étais resté, mon cher Directeur, à l'arrivée, près de nous, de M. de Vrij. Après avoir adressé au grand quinologiste les compliments que méritent son âge et sa réputation, j'entrai surle-champ en matière. « Mon cher maître, lui dis-je, voici quel est l'objet de ma visite. J'ai promis, en rentrant en France, de rendre compte, dans l'*Union pharmaceutique*, de mes impressions de voyage, tant sur la pharmacie hollandaise en général, que sur l'Exposition d'Amsterdam en particulier. Nul, mieux que vous, ne peut me faciliter la tâche; le voulez-vous? — Volontiers, me répondit-il, veuillez seulement me dire ce qui vous intéresse. — Ce que je voudrais connaître, ce n'est ni votre législation, ni votre pharmacopée; cela, tout le monde peut l'apprendre par les livres. Ce qui m'intéresse surtout, ce sont vos habitudes, vos usages; c'est, en un mot, le côté pittoresque, ce qui différencie vos pharmacies des nôtres, ce qu'on ne peut savoir qu'en venant en Hollande, en pénétrant dans vos sanctuaires, et en causant avec les grands prêtres.

M. de Vrij comprit aussitôt ma pensée, et le souvenir de sa conversation se trouve, en grande partie, résumé dans ce qui va suivre. Je lui posai pourtant une question très précise. « Quel est, lui dis-je, le degré de considération dont jouissent ici les pharmaciens? — Cela, me dit-il, est très variable, comme chez vous, et dépend beaucoup des individus. Cependant, je crois qu'il est moindre qu'en France, et je puis, si vous le voulez, vous en donner un exemple qui vous fera saisir la nuance. Quand ma mère devint veuve, j'avais dix-huit ans et étais l'aîné de dix enfants qu'il fallait élever. Mon père avait été pharmacien à Rotterdam, et ce fut par une faveur royale toute spéciale que j'obtins l'autorisation de gérer sa pharmacie. J'élevai mes frères, et l'un d'eux fut placé par moi à Utrecht pour y prendre le grade de docteur en médecine. Quand vint le moment de me marier, je demandai la main d'une personne dont les parents me témoignaient une grande estime, et dont le frère était mon ami intime. J'obtins un refus net et absolument inattendu.

« Je demandai alors au père de la jeune fille quelles étaient ses raisons : il m'avait reçu chez lui, j'étais l'ami de son fils, il savait que sa fille me plaisait, je ne pouvais comprendre qu'il m'évinçât si cruellement, après m'avoir laissé croire à sa sympathie. « — Je n'ai aucun motif de vous refuser, me dit-il, que « votre position; *vous n'êtes que pharmacien !* Si vous étiez docteur, « ce serait autre chose. — Ainsi, si mon frère était à ma place, « vous consentiriez à le prendre pour gendre ? — Parfaitement. « — Et si je devenais docteur? — Alors, ce serait avec grand « plaisir. » Deux ans après, me disait M. de Vrij, j'étais docteur ès-sciences et je me mariais. »

« Maintenant, ajouta-t-il, voici encore un autre fait. Je suis d'un cercle où mon titre de docteur m'a donné entrée; si un pharmacien demandait à en faire partie, il se verrait certainement refuser. »

J'étais édifié sur ce point. Je posai une autre question, et je suis persuadé, mon cher Directeur, que vous l'auriez faite comme moi. « — Sur quel pied vivent les médecins et les pharmaciens ? — Autrefois il y avait entre eux une grande distance, qui allait presque jusqu'à l'infériorité. Cela s'est beaucoup modifié depuis quelques années ; le pharmacien a reconquis un peu de la dignité qu'il mérite, et s'achemine tout doucement vers une égalité relative. J'y ai contribué pour beaucoup, ainsi que vous allez en juger. Quand je pris la pharmacie de mon père, un vieux médecin venait tous les jours faire ses ordonnances à la pharmacie. (Notez bien cela, c'est une habitude toute hollandaise.) Il arrivait en voiture, et dès que je voyais son cheval s'arrêter, je quittais tout pour me précipiter à la portière ; je l'ouvrais, je laissais respectueusement descendre le vieux médecin, je refermais la portière et je rentrais derrière lui. Mon orgueil se révoltait bien intérieurement, mais c'était un vieil ami de mon père ; il m'avait soutenu dans mes débuts et je suivais les errements d'une coutume générale. Quand il mourut, je levai l'étendard de la révolte, et après m'être dit que j'étais au-dessus du rôle que m'imposait l'usage, je me contentai désormais d'être très poli chez moi, sans plus me soumettre à aucune forme obséquieuse de politesse exagérée. Mes confrères, d'abord étonnés, firent peu à peu comme moi, et cela est devenu général. »

Tout en causant, j'appris qu'il n'y a pas en Hollande d'école de pharmacie, pas d'inscriptions ; l'aspirant étudie où il veut et comme il lui plaît. Il n'y a pas non plus de baccalauréat : le premier examen est une sorte d'examen de grammaire, où on demande entre autres le français et l'allemand. Enfin, on vient d'octroyer aux pharmaciens la faculté de prendre le grade de docteur en pharmacie. Nous, cela nous viendra après les autres.

« Le mieux maintenant, me dit M. de Vrij, c'est d'allumer un cigare et d'aller visiter quelques pharmacies. Je vais vous conduire chez le doyen des pharmaciens de La Haye, où vous verrez une installation ancienne, et chez deux jeunes où vous observerez de nouvelles tendances. » Et nous voilà partis, toujours causant, jusqu'à *Het Plein*, une des belles places d'une ville qui en compte tant de belles. Ici, laissez-moi ouvrir une parenthèse et raconter un de mes meilleurs souvenirs de Hollande. Cela sera peut être déplacé dans un journal scientifique, et pourtant ce sera comme un reflet de solidarité confraternelle, de cette sympathie secrète qui vous fait bien accueillir au loin par un confrère. Celui-ci voit en nous, non plus un rival, mais un initié de son grand œuvre, avec lequel il prend plaisir à échanger ses idées.

M. de Vrij me présentait donc à M. Moet. Jamais je n'ai été aussi touché que je le fus de l'accueil de ce confrère. Ah ! cette gravité hollandaise, mon cher Directeur, n'y croyez plus, c'est un mythe. Quelle bonne chose, hors de la patrie, au milieu d'un peuple à la langue inconnue et un peu rude, dans cette sorte d'exil volontaire, d'entendre parler couramment le français par une famille qui vous entoure d'égards et de prévenances, depuis cet aïeul qui porte allègrement ses cinquante ans de pharmacie, jusqu'aux petits enfants. Nous avons fait deux visites à M. Moet, et en sortant la dernière fois de cette maison qui s'était ouverte toute grande pour nous recevoir, il nous semblait, à ma femme et à moi, tant nous avions de regrets, que nous nous séparions d'amis depuis longtemps connus. Nous avons mis quelque coquetterie à bien représenter la pharmacie française, et, traitez-nous de fats si vous voulez, nous y avons réussi. Je voudrais, mon cher Directeur, que votre journal portât à M. Moet le bon souvenir que nous lui gardons.

Je mis à profit, vous le pensez, ces visites et celles que je fis avec M. de Vrij dans une autre pharmacie. Tout cela, joint aux observations que j'ai faites un peu partout, me permet enfin de vous parler des pharmacies hollandaises.

A part nos bons confrères amsterdamois, chez lesquels on voit une tendance marquée à imiter les Français et les Belges, les pharmacies hollandaises se ressemblent et ne rappellent en rien les nôtres. Point de devantures miroitantes, point d'étalages, point de ces affreux bocaux de couleur, aveuglants le soir par les feux grossis d'un bec de gaz; rien qui tire l'œil. La maison est généralement petite; figurez-vous une maison de petit rentier français, avec une porte sur le côté et une ou deux fenêtres. Un rideau ou un store blanc, avec les indispensables *horrijn*, écrans en toile bleue que vous aurez remarqués, empêchent de voir à l'intérieur. Une enseigne très simple, ou plutôt un seul mot en petites lettres noires, sur le linteau de l'imposte : **Apotheker**, indique seul une pharmacie. Cet extérieur est infiniment plus digne que nos brillantes devantures, dorées, peinturlurées, qui font de nous et malgré nous des boutiquiers. Ce qui me les gâte et jette comme une douche sur mon admiration, ce sont les têtes de Turc en bois barriolées, les salamandres aux flammes rouges, et autres emblèmes placés au-dessus des portes. Il y en a peu à La Haye, pas mal à Rotterdam, beaucoup à Amsterdam; quant à Harlem, il y en a partout. Je ne sais rien de plus laid : et encore la *Barbe d'or* est une œuvre d'art en comparaison de ces têtes.

Le plus souvent, la porte donne sur un petit corridor, et c'est par une porte latérale qu'on pénètre dans la pharmacie. Là encore, différence profonde : d'abord pas de spécialités ! ! Comprenez-vous cela? Une pharmacie sans ce tas de boîtes et de flacons sous lesquels nous sommes submergés? Une boiserie très simple, peinte en blanc, et d'une blancheur à faire croire que ces gens-là n'ont pas de mains; et dire que chez nous..... mais passons. Un seul comptoir long et étroit suffit à tout le service. Sur le bout, vers la fenêtre, les registres et quelques livres ; au milieu, une balance à fléau, une balance de précision partout, des burettes graduées dont on fait grand usage, des mortiers de bronze brillants comme de l'or, et un fourneau pour les nombreuses infusions prescrites chaque jour. Peu de bocaux et peu de tiroirs ; d'où je conclus à moins de médicaments que chez nous. Quelques pots en porcelaine blanche, avec inscriptions noires, complètent le mobilier. J'ai bien vu, par ci par là, à Rotterdam, quelques grands instruments de cuivre ; mais M. de Vrij m'a dit que c'était antédiluvien, et je n'en ai pas su davantage.

Derrière la porte, comme pour déshonorer la simplicité du lieu, on voit pendre de longues guirlandes de deux ou trois mètres de longueur. « Ce sont des fleurs, comme chez nos herboristes ! » Point du tout, et vous voilà bien attrapé. Ce sont de petits bouts de papier, enfilés dans des ficelles : ce sont des ordonnances ! « J'en ai plein mon grenier, me disait en riant M. Moet, car nous devons, de par la loi, les conserver vingt ans. » Je poussai un soupir de satisfaction, et pour une fois, je bénis la loi de germinal an XI : elle ne contient rien de pareil.

Nos bons amis de Paris ont mis leur imagination à la torture en fait de réclame ; dites-leur de ma part que les Hollandais leur font la figue. Je croyais avoir fait pour vous, à La Haye, tout ce que je vous devais en conscience. Nous nous en allions voir *le Bois*, lorsque j'aperçus une boîte à lettres avec à peu près cette inscription : *Mouton, apotheker, Spuistraat : les Ordonnances sont levées à telle, telle et telle heure.* Je partis d'un éclat de rire. C'est égal, si je m'appelais X ou Y, je me pendrais ; ce qui ferait d'ailleurs plaisir à plus d'un pharmacien.

L'associé de ce M. Mouton, pour le dire en passant, fabrique actuellement de la margarine pure en grand. Espérons que, grâce à lui, le beurre de Frise n'humiliera pas longtemps nos beurres français. Mais voilà bien de la copie ; aimez-moi et portez-vous bien.

III

Je ne me sens pas pressé de pénétrer dans l'Exposition d'Amsterdam ; je sais, mon cher Directeur, que quand j'y arriverai, ce sera la fin de ces lettres. Donc, pendant que le train file vers la capitale de la Hollande ; pendant que nous courons à quelques décimètres du sol, sur une des voies qui ont coûté le plus cher à établir ; pendant que nous traversons la Leyde érudite et les *polders* de Harlem ; pendant que nous touchons presque de la main les roseaux de la Spaarne, laissez-moi vous égrener encore quelques observations.

Ce qui est piquant pour nous, et tranche considérablement avec nos mœurs, c'est le calme qui règne dans les pharmacies. Ne vous ai-je pas parlé de sanctuaire et de grand prêtre ? Ma parole d'honneur, je crois bien qu'il y a de cela. Pas de longues conversations, pas de réflexions intempestives, pas de discussions, pas d'explications de la part du client. Celui-ci entre, remet sans rien dire une ordonnance rédigée en latin ; on la lui prend, on lui indique une heure pour revenir et puis c'est tout. J'ai été dix fois témoin du même fait.

« Et quand il n'y a pas d'ordonnance ? » me direz-vous. Ah ! ah ! voilà justement où je vous attendais : il y a presque toujours une ordonnance, et c'est ce que moi, Français, j'avais peine à concevoir. J'avoue que pour le pharmacien de province que je suis, habitué à une clientèle très mêlée, cette discrétion me semblait extraordinaire. Tout bas, je me demandais si je n'étais pas dans une *étude* d'un médecin du XVIIe siècle, plutôt que dans une pharmacie où nos patients viennent conter bruyamment leurs peines, avant de se résigner à aller consulter leur médecin.

Les enfants eux-mêmes, devant ce monsieur, toujours vêtu d'une redingote noire, au nez presque toujours coiffé d'une paire de lunettes, se tiennent calmes et dignes derrière ce grillage qui protège les livres et les balances ; on les dirait pénétrés d'une crainte religieuse. En les voyant, en considérant l'attitude de ce public, je soupirais. Est-il bien sûr que M. de Vrij ne se soit pas trompé ? Est-ce que, véritablement, le pharmacien en Hollande ne jouit pas au contraire d'une très grande considération, au moins vis-à-vis de sa clientèle ?

Un autre fait, dont je ne pouvais manquer d'être frappé, c'est la simplicité extérieure de tout ce qui sort des mains de ces dignes pharmaciens. Là, le contraste est encore absolu. Nous avons, depuis quelques années, poussé le luxe de l'enveloppe à un très haut degré : cartonnage superfin, impressions à deux ou trois teintes, étiquettes enjolivées, paquetage et coiffage artistiques, et tout ce qui s'ensuit. Nous rivalisons avec la parfumerie, et nous voulons faire passer à toute force dans l'esprit du public, cette grosse machine du droit des gens : le pavillon couvre la marchandise. Bien heureux quand la marchandise est digne du pavillon. Ce progrès, si peu enviable, n'a pas pénétré en Hollande : que le bon Génie de la Pharmacie l'en préserve ! Les bouteilles non coiffées, les boîtes simples sont toutes revêtues d'une étiquette. Celles-ci, à leur tour, ne portent pas ce luxe de titres dont nous entourons nos noms : *Un tel, apothicaire*, et cela suffit. O sainte Mousseline ! comme disait une demoiselle Benoîton.

Mais le temps passe, et il faut terminer. Vite quelques lignes pour finir. Nos confrères de là-bas n'ont jamais plus d'un ou deux élèves ; trois est une exception rare, et je ne vous parle que des grandes villes. Les prix sont à peu près les mêmes que les nôtres. Les recettes sont relativement modestes, et un des premiers pharmaciens de La Haye me citait trois mille florins (six mille francs environ) de bénéfice net par an, comme un très gros chiffre. Enfin, ce qui se voit partout, le pharmacien hollandais ne donnant jamais de consultations, vit en très bons termes avec les médecins ! Ainsi soit-il, mes frères !

Le train s'arrête ; nous voici à Amsterdam, et pour trois jours que nous avons à y passer, il n'est point de temps à perdre. Nous courons au Dam et prenant le tramway, nous gagnons la *Tentoonstelling*, ce qui veut dire en bon hollandais : l'Exposition. Ah ! mon bon Directeur ! si vous voulez venir à Mantes, voir votre serviteur, vous serez le bienvenu. Mais, je vous le dis en confidence, arrangez-vous pour que ma femme n'y soit pas : vous avez en elle une ennemie ; elle est bien excusable, n'est-ce pas ? Je lui ai tout fait brûler. Brûlée, cette gigantesque façade de temple indou, avec ses éléphants monstrueux, portant ces pyramides de têtes grimaçantes ; brûlés, les costumes et l'orfèvrerie de la Nederland ; brûlées, les riches dentelles de la Belgique ; brûlés, les ivoires, les laques et les porcelaines de la Chine ; brûlées, les splendides fourrures de la Russie ; brûlées, brûlées, hélas ! toutes les attractions parisiennes de la section française. Comme dans la ballade du *Roi des Aulnes*, je la tirais en avant pendant qu'un démon que je ne voyais pas la retenait en arrière.

Je finis pourtant, dans cette galerie française, par tomber « assez à l'étourdie » dans le groupe des produits pharmaceutiques. Je n'y ai pas éprouvé la moindre surprise, et si je voulais critiquer, j'aurais la partie belle. Mais il est facile de voir que c'est un groupe sacrifié ; je veux donc aller à l'aventure et m'en rapporter à mon carnet de notes.

La première vitrine qui m'apparut, fut celle de la maison Chassaing ; grande réunion de bouteilles de vin diastasé et d'élixirs, avec toutes les panacées bienfaisantes de l'estomac : pepsine, diastase, papaïne, pancréatine, orge germée, etc. Avec cela, si l'on ne digère pas, c'est qu'on y mettra de la mauvaise volonté. Et pour preuve, voilà un poulet tout entier, dont il ne reste que les os, nageant dans un liquide limpide comme du cristal, dans lequel on n'aperçoit pas le plus petit dépôt au fond. Je devine que cette heureuse liqueur a mangé le magnifique poulet ; la gourmande n'a oublié que le sot-l'y-laisse.

Voici, à côté, la maison Thévenot, de Dijon, avec ses beaux produits capsulés, depuis le goudron et les autres substances fluides, jusqu'aux poudres. Tout cela est soigné, perlé, bien enveloppé et si connu, qu'il n'est plus besoin d'en faire l'éloge. Tout près, est la maison Torchon, aux classiques spécialités. On y a joint quelques matières premières pour faire nombre ; tels entre autres de beaux blocs de chloral hydraté, pour prouver qu'on en met dans le sirop de Follet. Nous nous en doutions.

J'arrive contre la porte de sortie, à droite, et je lis sur une grande et belle vitrine : « Pharmacie Centrale de France » ; cela me fait grand plaisir. Est-il convenable que je place ici votre éloge et que je vous congratule ? Tant pis, il faut que toutes mes notes y passent. L'usine de Saint-Denis s'est distinguée : tartrate de potasse et de fer, nitrate d'urane, lactate de manganèse, biiodure de mercure cristallisé, chloral hydraté en plaques, kermès velouté, extraits de toutes sortes, tout cela est admirable. Je recule épouvanté, pourtant, devant ce bocal énorme de strychnine ; il y a là de quoi exterminer tous les Pavillons-Noirs du Tonkin. Les nouveaux venus, le nitrate de pilocarpine, la peptone spongieuse font bonne figure ; les pastilles si perfectionnées de la Pharmacie centrale varient la gamme des couleurs ; c'est très bien et très beau. Voilà l'éloge, je garde la critique pour la fin ; elle sera du reste commune à tous vos co-exposants.

La maison Armet de Lisle nous montre toute la série des sels de quinine et, au beau milieu, des échantillons d'outremer qu'on est bien étonné de trouver en pareille compagnie.

Voilà les successeurs de Rigollot, avec leur moutarde sous toutes les formes ; depuis la graine et les farines, jusqu'aux sinapismes en petite et en grandes feuilles. La maison Lelasseur, à côté, leur fait une redoutable concurrence. Elle est arrivée à faire aussi bien et à meilleur compte ; il n'y a plus que la question de nom. Une mention en passant à une statue en jus de réglisse. Que ne suis-je un des bons gendarmes d'Odry ! il y aurait de quoi me pâmer d'aise.

Avec M. Desnoix, voilà toute la série des onguents et des emplâtres, escortés des nouveautés à l'acide phénique : ouate, coton, charpie. Tout est bien, comme d'habitude. Seulement, je n'aurais pas mis de pommade de laurier, qu'on peut confondre avec l'huile si verte que font très bien les Hollandais. M. Beslier rivalise avec M. Desnoix ; cela est bien étalé, trop étalé même, mais en somme les produits sont beaux. Il y a là de quoi faire suppurer toutes les jambes de bois du pays.

M. Limousin veut cueillir de nouveaux lauriers avec sa boîte à faire les cachets, de plus en plus perfectionnée. J'ai envie de n'en rien dire, car elle est bien plus complète que celle que je lui ai achetée après l'Exposition de Vienne. S'il obtient une nouvelle médaille, ce qui est certain, je n'y veux être pour rien.

Enfin, nos spécialistes de province y sont allés aussi de leur petite vitrine. M. Verne, de Grenoble, expose ses préparations au boldo et au goudron ; M. Méré abonde dans la pharmacie vétérinaire ; M. Duperron, de Flers, a apporté des produits fabriqués très nombreux. Tout cela est très bien présenté, mais, malheureusement, on n'y peut toucher.

Ouf ! mon cher Directeur ! voilà donc tout ce que je suis venu voir à Amsterdam ; tout ce que je connaissais. Ah ! j'aperçois l'eau du Vernet, là, dans un coin ; elle fait aussi triste figure que moi. Une bouteille est débouchée et à moitié vide ; elle m'invite par cette chaleur à me désaltérer : « Zuze un peu », me dit-elle, en gasconnant. Et « ze zuze » qu'elle est chaude. Si mon ami Champigny avait seulement fait de même pour le quinium de Labarraque, je me consolerais ; mais tout est sous clef et je passe. Avis pour la prochaine exposition..... où j'irai.

Eh bien ! mon cher Directeur, il y avait encore autre chose à l'Exposition d'Amsterdam. Je l'ai découvert un peu partout, en maugréant contre vous, contre moi, contre tous les exposants. Mais comme je veux garder ma mauvaise humeur pour ma dernière lettre, bonsoir, je vous serre les deux mains.

IV

Bénissez-moi, mon cher Directeur, bénissez-moi, ô mes chers confrères, car cette lettre sera la dernière. Aussi bien pourrait-on, comme faisaient les anciens auteurs, lui donner pour titre : *Qui n'ajoute rien aux précédentes, et que le lecteur pourra se dispenser de lire.*

Comme je vous le disais, la partie purement pharmaceutique de l'Exposition d'Amsterdam, renfermée dans la seule section française, n'est pas la plus intéressante. Ce qui s'y trouve est excellent, mais surabondamment connu depuis longtemps. Le véritable intérêt réside dans l'étude des matières premières, répandues à profusion dans tous les groupes et dans toutes les sections ; seulement, il faut avoir le temps de l'y chercher, et assez de savoir pour l'apprécier.

Vous entrez, par exemple, dans les bâtiments inachevés du futur Musée, et au milieu de mille objets d'art éthnographique du plus haut intérêt, on rencontre une belle collection de produits naturels de l'Orient, appartenant à M. Vossion, de Paris : la moitié, au moins, fait partie de la matière médicale. Dans l'Exposition, la section de Victoria et de la Nouvelle-Galle du Sud est dans le même cas. Dans la section Belge, voici la fabrique de MM. David et Deboucke, de Moustier-sur-Sambre, avec un grand nombre de produits chimiques : carbonates alcalins, sulfates, sulfites, hyposulfites ; ils auraient le droit de nous retenir longuement. L'Allemagne, avec sa redoutable fabrique de Darmstadt, force malgré moi mon admiration. Je passe par hasard dans l'exposition de l'Ile Bourbon, et je me détourne attiré par des échantillons de vanille de toute beauté, depuis le petit vanillon, jusqu'aux belles gousses givrées, de 30 à 35 centimètres de longueur.

Dans la galerie principale, derrière la section française, se trouve l'exposition de l'Égypte. On y voit de tout : des stèles à inscriptions bilingues, des scarabées gravés en pierres précieuses, des bijoux, des vases antiques, et au milieu de cela, de nombreux produits naturels, portant sur l'étiquette : *Laboratoire khédival*. Ce sont des sénés de la Haute-Égypte, des follicules, des opiums façonnés comme ceux de Smyrne, du kousso, etc. L'Angleterre, avec sa colonie de Calcutta, expose des produits médicinaux aussi variés que mal choisis et mal nommés. Il y a là de quoi faire le bonheur d'un aspirant à l'internat. Voici des curcumas, des zédoaires, des follicules de séné bravement étiquetés *cassia fistula*, de mauvais séné de l'Inde, du *costus auclandia*, etc.

Notre colonie de la Guadeloupe s'est distinguée. Elle a réuni diverses collections, publiques et privées, qui ont été rangées avec un soin extrême, par un pharmacien de la marine, assez peu aimable, entre parenthèse. Le classement est clair et méthodique, les échantillons bien nommés et on y passerait de bonnes heures encore, si le temps ne faisait défaut.

Si l'on sort de l'Exposition et que l'on pénètre dans le Koloniaal Park, il faudra huit jours pour étudier avec fruit ce que les seuls Hollandais ont réuni dans le pavillon de leurs colonies de Java et de Sumatra, si cruellement éprouvées. Il y a des trésors à explorer, et je vous avoue qu'on aurait besoin de la science d'un Guibourt ou d'un Planchon, pour s'en tirer avec honneur ; elle me manque totalement. Camphres bruts, cannelles, gingembres, quinquinas cultivés, benjoins, baumes, résines, tout y abonde, et sous une forme le plus souvent inconnue. C'est le produit naïf, si je puis ainsi dire, et non encore paré pour le commerce. Mais comment s'y reconnaître dans le peu d'heures dont on dispose ? Point d'ordre certain, point de méthode, point de noms propres. Vous y rencontrez deux ou trois fois le même produit, sous des noms différents.

Le gouvernement hollandais, pour réunir ces produits particuliers, s'est adressé à ses résidents des colonies. Ceux-ci, en honnêtes administrateurs, ont exécuté ponctuellement les ordres de la métropole et ont envoyé tout ce qu'ils ont recueilli, avec les noms particuliers de localités et l'indication des lieux de provenance. On a tout rangé dans le même pavillon, sans faire de choix ni de triage, et ainsi s'expliquent les répétitions qu'on rencontre à chaque pas. Cela serait pour nous du plus haut intérêt, mais demanderait trop de temps à débrouiller; on passe et on s'éloigne à regret.

En contemplant toutes les richesses accumulées dans l'Exposition d'Amsterdam, en supputant le nombre d'heures et de jours qu'il aurait fallu pour les étudier, j'ai fait quelques critiques et certaines réflexions. Je vais vous dire, mon cher Directeur, les unes et les autres; ce sera la moralité de ces lettres.

Je commence par le plus désagréable : la critique. Si nos exposants français envoient au loin leurs produits, pour le simple bonheur d'obtenir des médailles et des diplômes, rien de mieux et ma critique est sans objet. Mais si, comme je les en soupçonne fort, leur but est d'étendre leurs affaires, d'exporter leurs produits et leurs inventions, je trouve qu'ils s'y prennent singulièrement. Comment donc comptent-ils se mettre en relation avec les pharmaciens hollandais ? par leurs prospectus ? il n'y en a presque pas. Par leurs étiquettes ? elles sont en français, et j'imagine que bien peu leur sont compréhensibles. Par leurs représentants ? bien fin qui peut mettre la main dessus. J'ai bien vu, par-ci par-là, la mention : « Représenté par M. Van Waateproomeneer, *groupe des coffres-forts*, » mais il n'y avait pas plus de représentant aux coffres-forts, qu'au groupe de la pharmacie. S'il y a des inconvénients, ce que je n'admets pas absolument, à indiquer les prix commerciaux de nos produits, pour prouver à la nation chez laquelle on expose qu'elle aurait intérêt à nous acheter, il faudrait au moins s'inquiéter pour les produits chimiques, par exemple, de la nomenclature, des noms qu'elle donne à ces produits, et les étiqueter dans sa langue. Sans quoi, vous risquez fort de n'exposer que pour le jury, et pour quelques malheureux égarés de votre profession et de votre pays. Voilà ma critique que je ne veux pas faire plus méchante. Passons aux réflexions.

Lorsque surgit une grande exhibition comme celle d'Amsterdam, de toutes parts les syndicats, les associations ouvrières ou industrielles ou artistiques se réunissent ; elles se cotisent et nomment des délégués, pour aller étudier par comparaison ce qui intéresse chaque profession. Les délégués s'en vont, résident un certain temps au milieu de cette exposition et, au retour, ils dressent un ou plusieurs rapports, souvent fort bons et toujours fort utiles aux groupes représentés. On a observé les progrès des voisins, le point par où l'on se distingue des rivaux, celui par où l'on pèche. L'intelligence et l'émulation aidant, chacun fait son profit des observations des délégués; à l'exposition suivante, on s'aperçoit presque toujours de progrès réalisés.

Connaissez-vous, mon cher Directeur, rien de semblable pour nous? assurément non. Nous formons pourtant une corporation nombreuse, aisée sinon riche ; nous sommes constitués en sociétés puissantes ; nous disposons de plusieurs journaux considérés et, à part quelques comptes-rendus de journaux étrangers, nous ne savons rien de ce que font nos voisins. Et encore dans ces comptes-rendus, on ne traite que les questions scientifiques ; le côté purement pratique et professionnel est complètement négligé. Quels que soient nos talents dans tous les genres, il est indubitable que nous ne savons pas tout, que nos méthodes pratiques ne sont pas absolument les meilleures, en un mot que nous ne sommes pas les plus parfaits pharmaciens du monde. Je vous concède, pour la satisfaction de notre amour-propre, que nous touchons peut-être de bien près à la perfection, mais je vous assure aussi qu'il est impossible qu'il n'y ait pas chez nos voisins médiats ou immédiats, de bonnes choses à prendre. Quels moyens avons-nous pour cela? aucun que je connaisse.

Il y a certainement quelque chose à faire dans cet ordre d'idées. Quand de grandes expositions ont lieu hors de chez nous, il faudrait y envoyer des délégués, chargés de tout voir, de tout observer et de nous en rendre compte au retour. Rappelez-vous les charmants articles publiés par MM. X. et XX., à la suite de l'Exposition de 1878. Ils étaient excellents; malheureusement leurs observations piquantes ne portaient que sur nos produits, nos méthodes et nos habitudes. Malheureusement encore, ils n'ont pas fait de petits. Nous gagnerions pourtant beaucoup à cette innovation, et, si vous voulez me permettre de le dire, nos journaux y gagneraient aussi. Je me laisse captiver, comme tous mes confrères, par la lecture entraînante des formules du sirop de tolu et de l'onguent napolitain; par la brûlante question de la potion à l'extrait de quinquina : sera-t-elle claire, sera-t-elle louche? *That is the question.* Mais enfin, nous ne sommes pas seulement des potards ; il y a aussi parmi nous des physiciens, des botanistes, des entomologistes, des géologues, des minéralogistes, etc. Je vous assure que dans une Exposition comme celle d'Amsterdam, on trouverait matière à alimenter l'*Union Pharmaceutique* pendant six mois, sans ennuyer trop les lecteurs.

Vous pensez bien, mon cher Directeur, que ce ne sont là que des indications. Je n'ai pas la prétention, en quelques lignes, de traiter à fond ce sujet. Je sème mes idées, ou mieux, je vous les confie ; si elles sont bonnes, j'ai tellement confiance en vous, que je suis persuadé que vous saurez en tirer quelque chose.

Et maintenant, que je vous remercie de m'avoir forcé à répandre toute cette encre. J'ignore ce que valent ces quatre lettres, mais ce que je sais bien, c'est que j'ai eu un plaisir infini a en recueillir le sujet en Hollande ; je suis très flatté, je l'avoue, de la façon dont vous les avez accueillies. Ce que je sais mieux encore, c'est que vous êtes un excellent ami et que votre amitié m'est précieuse.

GRAVE,

Pharmacien à Mantes.

Trop de rhubarbe, cher et spirituel épistolier ; je n'aurai jamais assez de séné pour m'acquitter. En vous priant de nous parler de l'Exposition d'Amsterdam, je savais bien que vous feriez l'école buissonnière, et que vous n'entreriez dans ce palais étrangement aromatisé qu'à votre corps défendant, et après avoir beaucoup fureté autour.

Enfin, les Pharmaciens Néerlandais doivent être contents de vous ; en tous cas, les lecteurs de l'*Union* vous ont lu avec plaisir, à ce point que beaucoup, et parmi les malins, se sont ingéniés à découvrir quel grave confrère se cachait sous votre pseudonyme. Les plus avisés ont affirmé et affirment que vous n'êtes autre que Ferrand (Eusèbe), lequel, en qualité de juré, a visité deux fois Amsterdam et n'a pas dit à l'*Union* un traître mot de ce qu'il a vu. Quand l'homme entre en fonctions, il ne parle plus, mon ami.

Merci donc, au nom des lecteurs de l'*Union* ; souvenez-vous que vous êtes lié par cet acte de reconnaissance, et que votre prose « à la Champigny » y sera toujours reçue à bras ouverts.

Trois alinéas seulement au sujet de vos charmantes lettres : J'ai vu les Pharmacies Hollandaises en 1867 ; je les ai dépeintes, et en 1883, j'ai constaté avec plaisir une transformation presque radicale (si ce mot, aujourd'hui, signifiait quelque chose) et je crois que notre vénérable ami de Vrij n'est pas étranger à cette métamorphose.

Les exposants sont parfois mus par un sentiment autre que le désir des récompenses et des affaires. Je puis vous affirmer que la Pharmacie centrale de France n'a obéi qu'à une pensée : le Patriotisme, car la concurrence étrangère répète dans le monde entier que la France des Pelletier et des Robiquet est morte et ne fabrique plus.

J'ai admiré comme vous l'exposition Merck, et je suis assuré que la fabrication française, même pour les alcaloïdes amorphes (car pour ceux cristallisés, elle est toujours au premier rang), reprendra son essor au premier abaissement des charges fiscales, lorsque l'administration comprendra qu'elle est une des forces vives du pays, et ne confiera pas à des parfumeurs le soin de juger et de défendre les produits chimiques.

Émile GENEVOIX.

42310 Imp. V° RENOU MAULDE et COCK, rue de Rivoli 144, Paris.